AF583025

# ABUELO, CUÉNTAME UN CUENTO

**Aketzali Judith Rodriguez Alquicira**

ABUELO, CUÉNTAME UN CUENTO


Editado por: Corporación Ígneo, S.A.C.
para su sello editorial Ediquid
José Olaya 169, Ofic. 504, Miraflores. Lima, Perú
Primera edición, noviembre, 2024

ISBN: 978-612-5160-89-8
Tiraje: 50 ejemplares

Hecho el Depósito Legal en la Biblioteca Nacional del Perú N° 2024-10623
Se terminó de imprimir en noviembre del 2024 en:
ALEPH IMPRESIONES SRL
Jr. Risso Nro. 580 Lince, Lima

www.grupoigneo.com
Correo electrónico: contacto@grupoigneo.com | Teléfono: +51 955 071 270
Facebook: Grupo Ígneo | X: @editorialigneo | Instagram: @grupoigneo



Ilustradores: Ramón Peña Guevara/Salamandra (Galopan los patrones, La sirena, Trajiste al muerto, Cortar la lluvia, La canción de cuna), Alan Contreras García (¿De quién es el velorio?, ¡Bajaaaan!, El guajolote, La riqueza del diablo), Josué Ricardo Rodríguez Alquicira (El bulto), María de Lourdes Alquicira (Un parpadeo, Valeria Sierra (La marrana),

Fotografía: Aketzali Rodríguez (¿Quién es?; Ya no me vean; Váyanse tranquilos, muchachos; La muerte toma una ducha, Los protectores de zapatos)

Colección: Nuevas Voces

# Contenido

# ¿De quién es el velorio?

*Inspirada en la historia de María Elena Flores Oliveres, 81 años*

Los vasos de unicel con café moviéndose por la habitación. Los siguen las canastas con bolillos; le dan color a su escenario prendas negras, decoran su ambiente flores blancas, lo alumbran cuatro cirios y más de diez veladoras; le dan banda sonora llantos, gritos grotescos, rezos. Al centro, la gran caja a la que se debe toda esta ceremonia. Interrumpe un hombre quien, quitándose el sombrero, pregunta:

—¿De quién es el velorio?

Caras blancas lo observan aterradas y cobardes. Al poco rato, solo uno responde:

—De usted.

# Los protectores de zapatos

*Inspirada en la historia de María Elena Flores Oliveres, 81 años*

En Xochimilco, nueve días se reza por el alma del difunto, rogando que le abran las puertas del cielo: «Dale, Señor, el descanso eterno y luzca para él la luz perpetua... descanse en paz, que así sea». No se siente tanto la ausencia ni el dolor de la pérdida durante esos días. Se siente hasta la noche del noveno día, cuando de alguna forma se da fin y se retorna a la rutina de los que siguen vivos.

Hay que recoger todo: las flores, los cirios, las veladoras, barrer la cal y de alguna forma seguir. En el noveno día del velorio de doña Ángela, las mujeres de la familia, sentadas en el sillón de la sala, contemplaban de nuevo los muebles de donde estaba la caja.

Completo silencio, cada una inmersa en sus pensamientos, en los recuerdos que tienen de la difunta; el frío atravesando las ventanas, un frío que poco a poco aumenta de intensidad y hace que cada uno de los vellos y cabellos de las mujeres se ericen. La inquietud comienza a albergar los corazones de cada una, y las manos empiezan a sudarles. Todas piensan en hablar para romper el silencio, este silencio incómodo que les hace ruido en su mente y permite escuchar las respiraciones de todas. Antes de que alguna pueda hacerlo, las interrumpe el sonido de un lento bajar, el sonar de unos protectores de zapatos: plaf, plaf, plaf, PLAF, un sonido tan peculiar y reconocido... PLAF. Se escucha que han bajado el último escalón.

La sala se ha inundado de aroma a flor de panteón; las ventanas, antes abiertas, se han cerrado de un golpe. Con miedo y curiosidad, lentamente todas dirigen su vista en dirección a las escaleras, esperando ver a doña Ángela, olvidando por un microinstante que doña Ángela ya está bajo tierra. Silencio absoluto hasta que la hija de la difunta, MamaElena, dice:

—Ahora sí, ya se ha ido.

# ¡Bajaaaan!

*Inspirada en la historia de José Luis Guevara López, 73 años*

La noche ha caído. Tras una jornada larga, es hora de llevar el camión a descansar. Va en completo silencio. Se siente la ausencia de pasajeros. Solo se escuchan los murmullos de la noche: el soplar del viento, el cantar de los grillos, el sonido de las llantas al rodar por el pavimento. Las calles solitarias solo albergan unos cuantos carros, tráileres y camiones.

La carretera oscura, iluminada únicamente por los destellos de las farolas de los carros. José Luis ha manejado esta ruta por más de quince años; la conoce perfectamente. Llegar al hospital de Pemex, pasar la avenida Tesozomoc, el panteón y fin de la jornada. La misma ruta de todas las noches, alumbrado por la luz de la luna.

Sabe que al llegar al panteón la temperatura desciende, así que se detiene, se sube la cremallera de la chaqueta y continúa. De repente, un escalofrío le recorre la espalda y, de a poco, los vellos de su cuerpo se van erizando. Se pone en alerta; una gota de sudor frío resbala por su frente. Se siente acompañado... De a poco, poco a poco, gira su cabeza, lentamente, sintiendo el corazón en la boca. Voltea a ver sus asientos, siente algo o alguien, y nada... silencio absoluto... silencio... silencio... Ve por el espejo retrovisor y tampoco.

No hay nadie, él lo sabe, pero necesita corroborarlo, necesita corroborar que solo es un juego de su cabeza, un efecto visual de sus ojos... Reúne valor y ordena a sus piernas paralizadas que se levanten del asiento del conductor... Cauteloso, revisa cada uno de los asientos del camión, uno por uno, sintiéndose cada vez más observado, con la mirada de algo o alguien pendiente a cada uno de sus movimientos... Finalmente llega al último asiento y desde ahí observa... observa la ausencia de pasajeros, pero percibe la presencia...

Temeroso, regresa casi corriendo al asiento del conductor, pensando que entre más rápido deje el camión en el depósito, más rápido se acabará su miedo.

Está a punto de tomar asiento cuando *piiii*, le han solicitado la bajada. Temeroso, voltea a ver sus espejos y no ve a nadie. Inconscientemente, detiene el camión en la siguiente parada y abre la puerta. Vuelve a espejear y nada, ve el espejo lateral y no ve a nadie bajar. Es entonces que se arma de valor y voltea a mirar detrás de su hombro. Y ahí la ve... solo la mitad de un cuerpo ya fuera del camión.

Sin cerrar la puerta, arranca a toda prisa hacia el depósito... implorando llegar pronto a casa. Después de minutos que le parecen eternos, visualiza el depósito y comienza a relajarse porque sabe que por fin todo habrá terminado, justo cuando se desabrocha el cinturón de seguridad y se ha levantado, escucha un claro susurro en su oído:

—Bajaaaaan.

# El guajolote

*Inspirada en la historia de Trinidad Flores, 86 años*

Como existe el bien, existe el mal. En el pueblo de Santiago Xochimilco se sabe que siempre ha existido mucha gente maldosa, los llamados brujos. La brujería es algo común en Santiago. Envidias, rencores, malas vibras, pleitos que se resuelven con un mal de ojo, un amarre, un entierro o cualquier otro «trabajo» de las brujas y brujos.

La madre de don Trini se ha puesto mala; un día estaba perfectamente bien y al otro ya está en cama, peleando por no recibir el beso de la muerte. Al no existir razón aparente, la respuesta es clara: brujería.

Hay sospechas del culpable. El vecino que, ya muy llegada la noche, recorre su patio y más tarde, casi llegando el amanecer, deja salir un guajolote que mira fijamente hacia la casa de don Trini y se atraviesa sin decoro por afuera de la cocina.

Don Trini le ha contado todo a uno de sus amigos más cercanos, quien —murmuran las lenguas— también se dedica a la brujería, pero de la buena, la magia blanca. Es así como se comprueba que, en efecto, es el vecino y es momento de actuar antes de que sea demasiado tarde. El siguiente paso: conseguir algunas hierbas, sal de grano y una pistola.

La noche ha caído, las estrellas decoran el firmamento y la luna redonda alumbra el patio del brujo. Ahí está el guajolote, tan grande y gordo, sus plumas negras brillando en la oscuridad, hinchado, tétrico, con su cola abierta e imponente; sus grandes ojos rojos miran fijamente hacia la madre de don Trini, y a la luz de la noche pareciera que lanzan fuego... Don Trini espera paciente con la pistola cargada, de munición granos de sal bañados en hierbas.

Están frente a frente: guajolote y don Trini, don Trini y guajolote, don Trini y el brujo. El guajolote se mueve con la cabeza en alto en su dirección, dispuesto a atacar, con la furia en sus ojos, levantando sus alas amenazante... Don Trini se arma de valor, apunta... dispara, falla una, dos veces, hasta que le atina justamente en la pata izquierda... El guajolote se azota, emana un glugluteo desde su pecho y desaparece.

Al poco rato, la mamá de don Trini ha mejorado, y el vecino ha salido cojeando justo de la pata izquierda.

—¿Qué pasó, vecino? ¿Tuvo una mala noche?

—Sí, vecino, se me cayó una tabla.

—Mire nomás, pues tenga más cuidado con lo que se mete —responde don Trini, cerrando la puerta y santiguándose dos veces.

# Galopan los patrones

*Inspirada en la historia de Trinidad Flores, 86 años*

Cada pueblo y barrio de Xochimilco tiene un santo patrono, el santo que les da el nombre y los protege. En Santiago, el santo patrono, por supuesto, es Santiago Apóstol. En la iglesia del pueblo se encuentran dos estatuas con su figura: la de un Santiago firme, valiente guerrero montado en su caballo blanco, con la espada desenvainada, dispuesto a comenzar batalla. Todo el pueblo lo respeta, venera, le reza y le lleva flores; le hace misa y, cada 23 de julio, fiesta. Todas y todos saben que los protege.

Dicen que por las noches las figuras de los santiaguitos y sus caballos toman vida. Salen de la iglesia y galopan por todo el pueblo. Se dice que, si pones atención, claramente en la madrugada puedes escuchar los cascos de los caballos corriendo a galope por todas las calles del pueblo. Muchos son los que los han escuchado, pero solo una persona dice haberlos visto. Ella jura que vio a Santiaguito Apóstol, con su traje brillante, su espada imponente y su majestuoso caballo blanco, vigilando a su pueblo, protegiéndolo.

Otros tantos dicen que, por las mañanas, en el atrio de la iglesia, se pueden observar huellas de cascos de caballo y trozos de pelo. Quizá sea solamente la fe, pero si alguien tiene curiosidad, un día de estos vaya de madrugada al pueblo de Santiago Tepalcatlalpan en Xochimilco, quédese escondido en la iglesia y escuche y/o vea cómo las estatuas de los santos patrones cobran vida.

# Váyanse tranquilos, muchachos

*Inspirada en la historia de Jesús Rodríguez, 72 años*

Los bailes de Xochimilco son reconocidos a nivel nacional por lo buenos que son, con tanto ritmo que dejas el alma en la pista, bailas hasta que tus pies se desgasten y tomas hasta que la garganta raspe. En uno de tantos bailes, a la madrugada, dos jóvenes vienen de regreso. Avanzando unas cuadras, el ruido y el bullicio del baile son un recuerdo lejano. El camino es ya silencioso, lúgubre; no hay risas ni melodías, solo los murmullos de la noche y el soplar del viento sobre la milpa.

Van los jóvenes caminando por el campo contentos, con el recuerdo del baile y las muchachonas que vieron ahí. Con un poco de alcohol en las venas, no les da miedo la oscuridad ni la soledad del campo. Aunque la milpa crecida forme sombras espeluznantes, aunque el viento la mueva lentamente simulando murmullos, aunque miles de diminutos ojos los observen caminar, aunque se escuche el susurro del viento y se muestren grandes y terroríficos los árboles con sus largas ramas, como si los quisieran atrapar, nada perturba a los jóvenes. Caminan lentamente, ignorando los aullidos de los perros, ignorando la oscuridad casi absoluta. Sin embargo, se encuentran con un animal que los perturba, haciendo que todos sus sentidos se pongan en alerta: un enorme perro. Un perro bestial, de pelaje espeso, sucio de lo que parece ser sangre, cabeza deforme, orejas grandes y puntiagudas, patas del tamaño de un sartén, terminadas en garras.

—¿Te fijaste? —le dice uno al otro con la voz temblorosa.

—Sí —responde el otro con un susurro de voz ahogada.

—¿Te fijaste del perro? —insiste aterrorizado.

—Sí.

—¿Lo viste? ¿A ver qué?

—Pues abrió la llave del agua —responde el otro con apenas un reflejo de voz, queriendo ocultar su asombro y miedo.

El perro levanta la cabeza y, durante lo que parece una eternidad, los ve fijamente con sus enormes ojos rojos brillando en la oscuridad, mirándolos como si con la sola mirada pudiera devorarlos. Los saborea, los ve con deseo, al menos ellos sienten la mirada penetrante que los invade, haciéndoles sentir desnudos. Tras infinitos segundos, el perro les cierra un ojo y desaparece. Paralizados, esperan escuchar algún ruido en la milpa que les indique que el perro se ha ido; lo escuchan, pero su cercanía les advierte que se dirige hacia ellos, para atraparlos, para matarlos quizá, para hacerlos pedacitos, piensan. Cada vez más cerca, la milpa se mueve y ellos cierran los ojos temerosos, esperando la primera mordida que nunca llega. En su lugar, escuchan la voz rasposa de un hombre que en las últimas letras pareciera que aúlla.

—¿Qué andan haciendo, muchachos?

—Pues venimos del baile, Don Goyo —logra responder uno con un susurro de voz tras abrir los ojos y ver la enorme figura del brujo del pueblo.

—Váyanse tranquilos, muchachos, no les va a pasar nada —les dice mientras les vuelve a cerrar su ojo rojo.

# La riqueza del diablo

*Inspirada en la historia de Jesús Rodríguez, 72 años*

Existen muchas formas de obtener riqueza: trabajando duro, haciendo muchos negocios, estudiando hasta hacerte un gran profesionista, ganando la lotería o bien, haciendo un pacto con el diablo.

Se decía que la riqueza que había heredado don Fausto era producto de esta última. No había otra explicación, pues no había indicios de ninguna de las anteriores. Don Fausto es un gran terrateniente; heredó grandes terrenos de su padre, quien se dice, aún difunto, por la madrugada los vigila haciendo un recorrido por ellos en un caballo de fuego. Muchos en el pueblo aseguran haberlo visto en un caballo de fuego, sentir un calor del infierno al escuchar las patadas del caballo que suenan como cuando cae agua en un comal en la lumbre, rodeando los terrenos que ahora pertenecen a don Fausto. También aseguran haber visto al padre de don Fausto —cuando aún vivía— convertirse en un enorme toro negro de diez metros, un animal gigantesco, pesado, que abarcaba con su gran tamaño toda la puerta donde hacía guardia frente a los mismos terrenos. Con estos antecedentes, nadie tiene dudas de que la riqueza de esa familia era obra del mismísimo Satanás.

Muchos, incluso los trabajadores, afirman que el padre de don Fausto y don Fausto hicieron un pacto con el diablo. En numerosas ocasiones los han visto entrar en una cueva que se encuentra en su terreno, una cueva donde, al principio, se encontró una gran cantidad de dinero que, según se dijo inicialmente, pertenecía a los zapatistas. Posteriormente, se rumoró que ese dinero fue multiplicado por el diablo como un favor a la familia. Dicen que la cueva está rodeada de piedras y que, si te acercas, se siente un calor infernal; arde. Se comenta que han visto cómo don Fausto prepara una canasta con los manjares más exquisitos: fruta fresca como manzanas, fresas, uvas, peras; carne de res, carnitas, barbacoa; además de vino, cerveza, pulque y aguardiente, y luego entra en la cueva con ella. Pasa un buen rato adentro, y luego regresa con la canasta vacía y con el rostro aún más joven. Hay quienes aseguran que esa cueva es una entrada al infierno, donde don Fausto se reúne con Satanás.

Muchos de los que han trabajado en esos terrenos juran haber visto la cueva y cómo don Fausto desaparece en su interior durante largos minutos. Aquellos que han intentado acercarse afirman que, si te asomas, salen infinidad de serpientes, culebras negras larguísimas de más de cinco metros, alacranes y arañas gigantes de patas peludas, y sienten cómo les arde la cara.

Solo un trabajador se atrevió a asomarse un poco más cuando don Fausto estaba adentro; asegura que la cueva arde y que se siente como si estuvieras dentro de una olla de agua hirviendo. Es de las paredes de donde emana ese calor, y en ellas se refleja la sombra de un ser con cuernos largos y patas de chivo, que conversa con don Fausto en un idioma extraño, que parece ser una mezcla de bramidos y berridos de chivos.

Lo cierto es que don Fausto vive con gran riqueza, y su rostro nunca envejece ni se enferma.

# Trajiste al muerto

*Inspirada en la historia de Victoria Flores, 65 años*

Victoria espera, como cada noche, la llegada de su esposo, don Jesús. Cuando el sol comienza a ocultarse y la primera estrella hace su aparición, sabe que en cualquier momento escuchará la llegada de su taxi. Aquella ocasión se rompe la regla; es hasta muy entrada la noche cuando el taxi llega y un coro desgarrador de aullidos y ladridos lo anuncia. Victoria, perpleja, espera ver el rostro de su marido entrar, y cuando al fin lo ve, encuentra un rostro espantado, pálido, sin color, en total contraste con la piel morena de don Jesús. La gallardía perdida y el miedo transpirando su cuerpo, los ojos abiertos de terror y, de fondo, los perros que no paran de aullar.

—¡Chucho! ¿Qué traes? ¿Qué te ha pasado?

—Lo atropellé... —responde don Jesús en un susurro de voz—. ¡Lo atropellé! —dice, levantando la voz, eufórico.

—¿Qué dices? ¿A quién?

—¡Lo atropellé!

—¡¿A quién?!, con una ching... ada, ¡dime!

—En la esquina había un guajolotote, enorme, Vicky, enorme, negro e hinchado. Lo atropellé, te juro que lo atropellé, pero cuando lo busqué ya no estaba, se esfumó.

—Lo has de haber imaginado —responde, intentando sonar tranquila Victoria, aunque sabe perfectamente que no fue imaginación—. Anda, ven a acostarte de una vez.

Ni tan espantado estaba Jesús que en menos de cinco minutos ya se escuchan sus ronquidos. La que no puede dormir es su mujer. Los perros no se callan y su corazón de madre le hace sentir que su bebé se encuentra en peligro. La abraza fuertemente contra su pecho, alerta ante cualquier cosa, dándole vueltas con la vista a la habitación, en búsqueda de cualquier cosa extraña. Un escalofrío le recorre la espalda, la sensación de que alguien la observa en la oscuridad.

Y ahí está, parado frente a ella, un bulto sin brazos, sin piernas, sin cara, solo oscuridad. Aunque no tiene ojos, siente su mirada penetrante; observa cómo esa masa negra se estira lentamente hacia la cama. Con el escalofrío y el miedo recorriéndole el cuerpo, recuerda el consejo de las abuelas: insultar cuando se siente una mala presencia. Lo intenta, pero ningún sonido emana de su boca; está paralizada.

De pronto, siente cómo le comienzan a jalar a su bebé. No ve qué es lo que lo agarra, pero ve cómo se jalan sus piecitos, flotando en el aire, sostenida por una invisibilidad a la punta de una larga oscuridad. Aterrada, en su mente poco a poco se van formando las groserías que conoce, quedándose estancadas en el plano de sus pensamientos sin poder moverse hacia su lengua, hacia su boca; se quedan atrapadas en su garganta, acumulándose unas tras otras, apretujadas entre su garganta y su boca, chocando unas con otras hasta que la hacen vomitarlas acompañadas por un sabor podrido.

—Suelta a mi niña, HTPM, suelta a mi niña, hijo de... al carajo, vete al dem... pin... —vomita una grosería tras otra, y aunque se ha quedado pálida del esfuerzo, por más groserías que escupe de su boca, la presencia no se va. Por el contrario, la bebé se jala con más fuerza, medio cuerpo suspendido en el aire, horrorizada ella sosteniéndole la cabeza entre el miedo de desnucarla o el miedo de perderla. Grita grosería tras grosería, pidiendo a gritos ayuda a su esposo, pero este parece ausente, muerto. Victoria no tiene tiempo de pensar en él en estos momentos; su bebé se pierde... En un grito desesperado, lleno de rabia y cólera, manda a chingar a su madre a la presencia, viéndola esfumarse como una capa de polvo.

—Ora, ¿qué te pasa? ¿Por qué estás tan enojada? —dice soñoliento don Jesús.

—Pues, cabrón, trajiste al muerto.

# Cortar la lluvia

*Inspirada en la historia de María Candelaria Jiménez, 65 años*

Las bodas son de los acontecimientos más preciosos. Una fiesta donde el amor es el personaje principal y la felicidad eterna, una ilusión y un deseo. Las bodas son grandes celebraciones, y las bodas de Xochimilco lo son aún más.

Posiblemente toda chica xochimilca que tenga entre sus planes casarse ha suspirado al pasar por la catedral de San Bernardino e imaginado entrar por sus puertas vestida de blanco, con un velo largo, largo, largo que se arrastre lentamente por la alfombra de la iglesia cuando, al ritmo de la marcha nupcial, entre como flotando al interior de la iglesia, decorada con rosas blancas y velas que alumbran al amor de su vida esperando al final del pasillo para con un beso sellar eternamente su amor.

Ese día tan esperado ha llegado para la familia Guevara. El día en que el hijo mayor estará al fondo de la iglesia esperando ansioso al amor de su vida, esperando el beso que los unirá hasta que la muerte los separe.

Aquel día amaneció precioso, el cielo despejado, el sol sonriendo, todo listo para que a las cinco de la tarde inicie la ceremonia nupcial en la Parroquia de San Bernardino. Todo perfecto. Sin embargo, cuando el novio ya está listo, a pocas horas de que salga de la casa rumbo al altar, un tremendo aguacero comienza a caer. El cielo parece que se rompe, rayos eléctricos lo iluminan, gotas del tamaño de manzanas revientan en el techo y en el piso, el viento sopla y mueve salvajemente los árboles y las plantas, silba, furioso entre las hojas. Cuanto más pasa el tiempo, llueve con más intensidad, con rabia, con furia; las gotas caen disparejas en el tejado. Imposible que el novio vaya hacia el altar; lo ha intentado ya dos veces y en esas dos veces el viento furioso se ha encargado de mojarlo completamente, quedando como sopa. El novio está impaciente, temeroso de no poderse casar. Pasan los minutos, las horas, y la lluvia no para. A casi media hora de las cinco, comienza a llover aún más fuerte, cayendo gotas de lluvia convertidas en pequeños cristales, granizo le llaman.

La desesperación aumenta en el novio y la familia; parece que la boda no se llevará a cabo. Es entonces cuando María decide cortar la lluvia. Sale decidida con el machete en la mano, elegante, arriesgando la perfección de su atuendo para detenerla como toda una heroína.

Primero, con la escoba, comienza a barrerla, a barrer el cielo con movimientos severos y bruscos, intentando ahuyentar las nubes grises sin éxito. Decide entonces que es momento de cortarla. Saca su cuchillo, su machete, y comienza a cortar el cielo como si estuviera cortando carne, con rabia, con fuerza, con potencia. En una mano el cuchillo y en la otra el machete. En medio del patio de la casa, María, bajo el torrencial de lluvia, lanza machetazos al aire, persigna el cielo con el machete con tanta fuerza que solo falta ver tiras de nubes cortadas caer y, en lugar de lluvia, sangre derramarse. De a poco comienza a aclararse el cielo y la lluvia desaparece; poco a poco las nubes se ocultan y las gotas de lluvia ya cortadas no terminan por caer al suelo, a mitad de camino se convierten en una brizna que se esfuma por el sol que ha comenzado a salir. Se ha cortado la lluvia, y la gran boda puede celebrarse con normalidad.

A las cinco de la tarde un arcoíris se ha colocado encima de la parroquia y, al comenzar la marcha nupcial, un rayo de luz acompaña a la novia hasta el altar.

# La sirena

*Inspirada en la historia de María Candelaria Jiménez, 65 años*

Se decía que en la ranchería «Cebadas Hidalgo» había una poza donde desembocaba el río desde el mar de Tampico. En esa poza, según contaba la gente, cada veinticuatro de mes, y más en el día de San Juan, llegaba una sirena a bañarse. Una sirena preciosa de cabello largo y dorado que brillaba con la intensidad del sol, la cintura perfecta, las caderas esbeltas, de esas que provocan cosquilleo en el corazón y en la entrepierna; los pechos redondos, del tamaño perfecto de un melón, ligeramente cubiertos por un pedazo de alga. Ninguna descripción le haría justicia a tan bello ser, ni mucho menos al deleite placentero que era verla bañarse.

Cada veinticuatro de mes, los jóvenes se acercaban a la poza a contemplarla, embobados por su belleza. Los más inteligentes a una distancia prudente o cerca de ella, pero amarrados con un lazo a alguna piedra; los menos sensatos o más atrevidos no podían con la tentación de estar cerca de ella y se acercaban hasta la orilla, hipnotizados por su sensualidad. A veces, la sirena coqueta elegía a uno y se ofrecía a lavarle la cabeza, con movimientos lentos, pasando sus manos por su cabello, deslizándolas por sus oídos, con las manos húmedas acariciándoles el cuello.

La carne débil del hombre, sumido en la excitación, provocaba que este bajara la guardia y hundiera la cabeza en el agua. La sirena les lavaba el pelo, y cuando el hombre ya estaba sumergido en el placer y completamente fuera de sí, se los llevaba al fondo.

Se decía que los regresaba al año, les daba un saquito de oro para su familia y los liberaba. Era fácil saber que un hombre había regresado de estar con la sirena porque, así como avanzaba, se iba deshaciendo, dejando piel y órganos por el camino; en cada paso se le desprendía la piel, las partes del cuerpo como los ojos, se le caía el cabello, se le iba la vida, y cuando llegaba a su casa, se pulverizaba por completo, convirtiéndose en esqueleto.

Ese era el destino de todo aquel insensato que se atrevía a acercarse a ella; el pueblo lo sabía, los hombres lo sabían, las familias lo sabían. Así que cuando el esqueleto del hijo desaparecido aparecía en la puerta de su casa, aceptaban el oro de la sirena y daban santa sepultura a aquel atrevido que, al menos por un año, disfrutó (o quién sabe) los placeres de la sirena.

# El bulto

*Inspirada en la historia de Adrián Alquicira Ibáñez, 74 años*

Al amanecer, Adrián se dirige a trabajar. Camina tranquilamente observando todo: la milpa, los árboles, las flores, todo, comprobando que sea igual que ayer, que antier, que la semana pasada, que el mes pasado. La ruta que sigue todas las mañanas nunca cambia, por eso le sorprende que en la banca donde descansa antes de llegar se encuentre un bulto.

La curiosidad lo obliga a acercarse e, inmediatamente, cuando está a punto de tocarlo, el bulto desaparece, se esfuma. Al poco rato, siente detrás la presencia de tres figuras. Cuando voltea, los ve y percibe que son personas no vivas, por lo que corre velozmente intentando escapar. Lo persiguen, pisándole los talones, queriendo atraparlo, para justo en la esquina solo verlo lentamente desaparecer, esfumarse, igual que lo hizo el bulto.

# La marrana

*Inspirada en la historia de Adrián Alquicira, 73 años*

En la época de la Revolución, se dice que los revolucionarios guardaron centenarios en ollas de barro y esas ollas las ocultaron en el campo, en las milpas. Se dice que, tiempo después, como no los recuperaron, su espíritu elegía a quién dárselos mediante la aparición de un animal.

Don Adrián ha sido elegido dos veces. La primera ocasión fue cuando era niño, jugando en el barrio de San Pedro, Xochimilco, en lo que alguna vez fueron las caballerizas de Pancho Villa y Emiliano Zapata.

Aquella vez jugaba con la pelota cuando escuchó el gruñido de un cerdo: ¡oenc, oenc! Al levantar la vista, la vio: una enorme marrana rosa de orejas grandes que lo miraba intensamente mientras gruñía desesperada, invitándolo a seguirla. Para ese entonces, Adrián era aún valiente, así que decidió ir tras ella; sin embargo, a nada de acercarse a ella, la marrana volvió a gruñir y desapareció.

Años después, ya de adulto, en una noche silenciosa, la volvería a escuchar: ¡oenc, oenc! La marrana, detrás de la puerta de su casa, golpea fuertemente con sus pezuñas, sin dejar de gruñir, empuja la puerta con su cabeza, desesperada por entrar. Adrián, envuelto en las cobijas, la escucha. Sabe perfectamente que es ella, la marrana que vio cuando era niño; lo intuye, lo presiente. Entonces, un miedo inexplicable le recorre el cuerpo y lo paraliza. Una sensación extraña en su corazón: por una parte, la ambición de saberse posiblemente rico; por otra, el miedo de las consecuencias de aceptar a la marrana.

La escucha como se ha levantado en dos patas, golpeando bruscamente la puerta, exigiendo que la siga. Escucha sus gruñidos violentos: ¡oenc, oenc!, agresivos, insistentes, y sus pezuñas golpeando fuertemente la puerta, rasguñándola, haciendo un ruido infernal que parece que solo él escucha. Quiere ir, pero el miedo lo tiene completamente paralizado, frío, engarrotado; no puede más que cubrirse con las cobijas hasta la cabeza y, con la voz temblorosa, gritarle: ¡Muchas gracias, pero prefiero quedarme pobre, cochinita!

Entonces, los gruñidos cesan y las pezuñas se detienen; se le escapó la oportunidad de hacerse rico.

# La muerte toma una ducha

*Inspirada en la historia de Elia Calderón, 74 años*

A lo lejos se escucha el agua de la regadera caer, y enlazada al ruido de las gotas, la voz de don Flor cantando una canción. El agua recorre su cuerpo y él disfruta. Goza como cada gota resbala de a poco por cada centímetro de su piel. Escucha el ritmo de la ducha un rato, deja que el agua penetre en su cuerpo y cierra la llave.

Se enjabona los brazos, las manos, las piernas, los pies, el pecho, y por último su cara. Cierra los ojos para evitar que le caiga jabón, se queda un rato así, enjabonado, gozando. Después de largos minutos, estira la mano para buscar la llave y enjuagarse. Escucha el caer de las gotas, pero enlazada a ellas, un ruido diferente.

Un ruido que le hace sentir escalofríos, lo que cree él es el castañeo de unos dientes. Cierra la llave, y el ruido sigue sonando, rítmico y veloz.

El vello de su piel se eriza. Se arma de valor y lentamente, muy lentamente, abre los ojos. Al voltear, ve un cráneo flotante que rápidamente castañea los dientes. Grita horrorizado y, así desnudo, sale corriendo a la calle.

Dos días después, don Flor yace en una caja. En el baño se escucha el lento gotear de la regadera y, por debajo de ese sonido, si pones atención, un doble castañeo.

# Un parpadeo

*Inspirada en la historia de Rafael Rueda, 68 años*

Algunos dicen que un parpadeo puede cambiar todo; algunos dicen que un parpadeo no puede cambiar nada. Un parpadeo dura de 300 a 400 milisegundos, nada, prácticamente nada. Un tiempo insignificante, lo que reafirma que en ese tiempo nada puede cambiar. Don Rafa sabe de parpadeos. En un parpadeo perdió a su familia, en otro estuvo a punto de morir, en otro revivió, en uno más volvió a estar a punto de morir, y gracias a otro renació.

El primer parpadeo transcurrió en invierno. Él se recuerda en su camioneta, acompañado de su familia, de regreso de un día de actividades de nieve. Todos felices: su esposa, sus tres hijos, su cuñado (si parpadea, aún puede escuchar las risas de aquel momento). Una basurita en el ojo, un parpadeo, y las risas ya no eran ni siquiera gritos, solo silencio total y en su tórax un tubo atravesándole el cuerpo, la vida. Otro parpadeo y se encontraba siendo elevado por un helicóptero en una red. Otro parpadeo y se ve a sí mismo en una sala de operaciones. Por lo que a él le pareció un parpadeo, sus ojos permanecieron inmóviles.

Llevando tres años sin parpadear y sin nadie que lo reclame, los doctores piensan en desconectarlo, pero es otro parpadeo el que le da la oportunidad de vida, parpadeo que ve una de las enfermeras al parpadear ella también.

Por los parpadeos, don Rafa ha perdido todo y comenzado de nuevo. Un parpadeo, y se había quedado solo en el mundo, sin casa, sin familia, sin dinero. Si no hubiera parpadeado, habría sido desconectado, pero aquel parpadeo le dio la oportunidad de más parpadeos, y ahora, a sus 87 años, disfruta todo de su vida, antes de que llegue su último parpadeo.

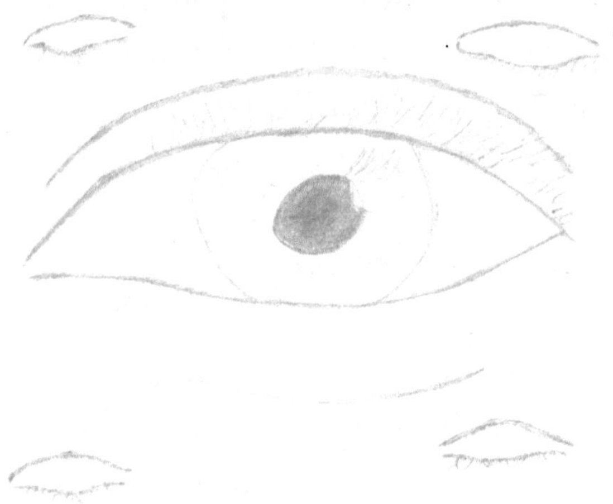

# La canción de cuna

Mientras veo el cadáver de mi abuelo, lo recuerdo cantándome una canción de cuna todas las noches. A la orilla de mi cama, mientras me acariciaba el cabello, entonaba con su cálida voz:

*Duérmete, mi niño, duérmete ya, que llega el nahual y te llevará. El niño precioso que tengo en mis brazos pronto dormirá.*

*Cuando el sol se oculte, la luna aparecerá, y el nahual con ella vendrá.*

*Este niño hermoso de nombre Julián, quiere que lo lleve con el nahual.*

*Él vendrá en la noche para jugar, tu cuerpo abrirá y dentro se meterá. Tu sangre en un tazón beberá.*

*Niños busca siempre, colecciona almas para el mundo salvar.*

*Duérmete, mi niño, duérmete ya, que llega el nahual y te llevará. El niño precioso que tengo en mis brazos pronto dormirá.*

*Cuando el sol se oculte, la luna aparecerá, y el nahual con ella vendrá.*

*Este niño hermoso de nombre Julián, quiere que lo lleve con el nahual.*

*Si viene por ti, no te espantarás. Es tu destino, escrito ya está.*

*Cadáveres te abrazarán y el beso de la muerte tú recibirás.*

*Una nueva vida comenzarás.*

He escuchado que los del pueblo les cantan solo el coro a sus hijos, cambiando mi nombre por el suyo. Supongo que desconocen el significado y origen de la canción. Dicen que es muy efectiva, que los niños duermen profundamente después de escucharla; duermen profundamente y nada puede despertarlos. Se quedan quietos, con los brazos cruzados en el pecho. Decía mi abuelo: «Parece que han recibido el dulce beso de la muerte». Me imagino que se ven exactamente igual a como se ve mi abuelo en estos momentos: con una sonrisa en las comisuras, tan quietecito, tan pulcro tumbado en el petate, ajeno a los murmullos que rondan sobre su cuerpo, ajeno a los reclamos y gritos de mujeres, ajeno a los «¿Que te pudras en el infierno?», ajeno al cura que, necio, insiste en entrar para confirmar si el viejo nahual está muerto. Ajeno a la vida y ajeno a mi mano, que acaricia su frío rostro mientras le canto: *Quiere que lo lleve con el nahual... Cadáveres te abrazarán y el beso de la muerte tú recibirás.*

Vasos de café rondan por la habitación entre los pocos que se han atrevido a darle el último adiós al viejo nahual, y de los que escucho fragmentos de conversaciones muy parecidas.

—¿Y si era un nahual?

—Eso dicen, pero nunca se pudo confirmar nada.

—¡Yo una vez vi un gato negro muy grande, enorme, salir de su casa! Sus ojos grandes echaban como fuego. Cuando me vio, me guiñó el ojo, como lo hacía Don Pedro. Sentí un escalofrío en todo el cuerpo y me eché a correr.

—¿Y la desaparición de las niñas y niños? ¿Tú crees que haya sido él?

—Yo digo que sí, pero tampoco se pudo confirmar nada.

—¿Y quién crees que haya heredado el don?

—Juliancito, ¿quién más si no él?

Yo, como heredero de la enorme encomienda. Todos lo esperaban, yo más que nadie... Ya se verá al anochecer, cuando reciba el beso.

Ha oscurecido, el ambiente se ha tornado tenso. Cuaxicalli ha llegado al fin a la casa, con el huipil negro bordado de huesos blancos, la cara pintada, los huesos de feto que usa como decoración sonando en su cuello y en sus muñecas. Ha llegado la hora. No es necesario que corramos a los vecinos que han dado despedida a nokoltsin Miztli, o Don Pedro como ellos le dicen. Solos se han levantado sin rechistar para sumirse en un profundo sueño. Mañana no recordarán la llegada de Cuaxicalli, lo pensarán como una terrible pesadilla que es mejor no recordar. Es mejor así para todos.

Comienza el ritual. Cuaxicalli evoca a Tezcatlipoca, protector de los nahuales, y le anuncia la partida de Miztli al Mitlán, con ello la llegada de un nuevo Miztli. El sahumerio me nubla la vista y el olor a azufre invade mis sentidos. Yo soy el nuevo Miztli, así queda sellado en el beso a la muerte, al cadáver de nokoltsin que ahora arde en el fuego de mi transformación. *Cuando el sol se oculte, la luna aparecerá, y el nahual con ella vendrá...* el fuego dentro de mí, siento las cenizas de Miztli en mi piel, que me convierten en el nuevo él. Duele, es un dolor hermoso revolcarme en las cenizas calientes de la fogata bajo la luna que me sonríe, acobijado por un círculo humano hecho por mi familia que canta en nuestra lengua. Mi cuerpo se transforma y ahora siento el poder... *Cadáveres te abrazarán y el beso de la muerte recibirás. Una nueva vida comenzarás.* Está hecho, soy el nuevo nahual, soy el nuevo Miztli.

No he podido dormir, me carcomen mi corazón múltiples sentimientos: emoción, adrenalina, dicha, gloria... ¿¿Incertidumbre? Hay emociones que no reconozco en mí. ¿Por qué tener esta duda mohosa invadiendo mi corazón? ¿Por qué ronda la duda con su ropa gris y su apariencia andrajosa en mi mente? ¿Qué intenta? ¿Que lo medite?

No hay nada que meditar, nada que reflexionar, así son las cosas, deben ser, esa es la ley.

Apenas amanece, he bajado al sótano, a la guarida de mi abuelo, la que ahora es mi guarida y mi hogar. Sonrío al abrir y ver cientos de ganchos de carnicería, de los que cuelgan no menos de veinte cadáveres diminutos, de niños todos, algunos ya abiertos, otros por abrir. Fácil es trepar por los tubos, escoger uno y con mis garras abrirlo... *tu cuerpo abrirá y dentro se meterá, en un tazón tu sangre beberá...* Ansío la noche, ansío brincar en los tejados, ansío la sangre fresca infantil... Al llegar a sus tejados sé que me los podré llevar, que no despertarán, están acostumbrados a la melodía de la canción de cuna... dormirá...

Me encanta ver a los niños tan plácidamente dormidos en la cuna de su habitación, la sonrisa angelical que reflejan en su rostro, las mejillas sonrosadas llenas de sangre, el murmullo de su corazón golpeando bajo su pecho, el calor que emana de su cuerpo... ¡La expresión máxima de la vida! ¡El espejo y la ilusión de un comienzo!... Quisiera por un momento protegerlos... no dejar que nada les haga daño... MOMENTO... ¿qué estoy pensando? ¡NO! Mi deber, mi placer es drenar la sangre de su cuerpo, vaciar las cuencas de sus ojos, abrir sus cuerpos... silenciar, saborear el corazón. Eso es lo que Miztli es, Julián no es nada, se extinguió... así debe ser. Miztli prevalece y todas las noches, hasta el jamás, abrirá los cuerpos, drenará la sangre, besará a los cadáveres, silenciará y devorará el corazón, todo mientras maúlla la canción... *tu cuerpo abrirá y dentro se meterá, en un tazón tu sangre beberá.*

Pero yo, Julián, lloraré al amanecer, bañado en sangre, acostado sobre mechones de pelo negro, lloraré y abrazaré a los cadáveres... ¡Perdónenme, por favor!

Pero nada puedo hacer. Todas las noches los ganchos se llenarán, porque así deben ser las cosas. Esa es la misión de Miztli...

# Ya no me vean

*Inspirada en la historia de Elia Calderón, 74 años.*

La gran matriarca ha muerto. Es fin de semana y el silencio se presenta como un extraño. El callejón espera que lo atraviese y lo barra Doña Chucha mientras pasa lista a cada una de sus nueras.

—Buenos días, Irene.

—Buenos días, Elia.

—Buenos días, Olga.

De alguna forma también las nueras esperan escuchar su voz grave mencionando sus nombres, pero eso nunca volverá a pasar, la gran matriarca ha muerto.

En la caja, postrada ya su cuerpo, rígidamente acostada encima de la madera dura del ataúd, su cara como siempre con el semblante severo, las cejas enmarcando una expresión de enojo y su boca con la mueca de siempre demostrando desagrado. Su rebozo del diario cubriendo sus hombros tiesos. Han dejado el ataúd abierto y una fila inmensa espera su turno para ver su cadáver.

Uno por uno por uno pasan y la critican, algunos la insultan, otros se ríen, otros le lloran, pero todos, todos tienen esa inquietud de "barrerla" de cuerpo entero y juzgarla como ella tantas veces lo hizo. Doña Chucha de a poco a poco se va subiendo el rebozo. Cuando pasa su hijo mayor, nota que ya tiene el rebozo cubriéndole la cabeza. Al pasar el hijo de en medio, se da cuenta de que el rebozo le cubre la frente, llegando ya casi a los ojos. En el turno de Adrián, uno de sus hijos menos consentidos, el rebozo ya le ha cubierto por completo el rostro, dejándole ver solo la mueca en sus labios.

Adrián, pálido, se aleja del ataúd y se dirige a su hermana mayor.

—Ya cierra la caja, mamá ya no quiere que la vean.

Justo termina la frase cuando se oye el golpe seco de la tapa de la caja al cerrarse. Se ha cerrado sola o bien, quizá, ha sido Doña Chucha.

# ¿Quién es?

*Inspirada en la historia de Inés Gómez, 97 años.*

Madrugada oscura, el sonar de los grillos, el ladrido de los perros a lo lejos, el caminar por las piedras de algún borracho, el sonido del viento soplando, el ruido de los carros pasando por la carretera, el gotear de la llave del patio, el tic-tac del reloj, el tzzzz del foco, el brrr brrr del refrigerador, sonidos de madrugada que adornan el silencio. Sonidos que, en cierta forma, son parte del silencio. Silencio, silencio, silencio. De pronto, interrumpido por «toc toc», un toquido suave, débil pero insistente.

Inés se despierta de golpe e involuntariamente pregunta:

—¿Quién es?

Silencio absoluto.

—¿Quién es?

Silencio.

—¿¡QUIÉN ES?!

—¿Lola? —responde una voz susurrante.

—En la otra casa —contesta Inés entre sueños.

En la casa de Lola, la vecina, se escucha nuevamente ese toquido débil pero insistente.

—¿Quién? —oye Inés la chillona voz de su vecina.

—La muerte —escucha Inés por respuesta.

www.ingramcontent.com/pod-product-compliance
Lightning Source LLC
LaVergne TN
LVHW091239150826
845673LV00003B/1229

* 9 7 8 6 1 2 5 1 6 0 8 9 8 *